乌苏拉·韦尔芙尔（Ursula Wölfel, 1922—2014） 出生于德国鲁尔区杜伊斯堡。大学时研读德国文学和历史，战后从事教育工作。1961年成为职业作家，生活在奥登瓦尔德。作品被译成多种语言，获德国和国际各种文学奖项。1991年，获德国青少年文学奖首次颁发的终身成就奖。

［德］乌苏拉·韦尔芙尔

火鞋与风鞋

［德］海纳·罗特富克斯 插画

湘 雪 译

二十一世纪出版社集团
21st Century Publishing Group

目 录

提 姆
  和别的孩子
    和一场家庭聚会 …………… 9

提姆不要做提姆
  和胖国王的故事……………… 12

生日前的九百分钟
  和蠢人的故事………………… 18

火 鞋
  和风鞋
    和一个伟大的计划………… 22

珍重道别
  和一亿头狮子的勇气………… 27

奇遇的到来
  和提姆的第一次冒险………… 31

吓死人的阿尔玛
  和了不起的提姆……………… 36

桥上的提姆

    和老鱼的故事……………………… 43

黑　暗

    和胆小鬼

    和星星……………………………… 51

小胖子提姆

    和一只黑羊的故事………………… 56

能治病的帽子

    和没有结局的故事………………… 64

雨　天

    和坏情绪

    和鼻子的故事……………………… 75

寻找宝藏

    和幸运猪的故事…………………… 80

懒散的一天

    和两只游隼的故事………………… 86

回　家

    和没有结局的故事的结局……… 96

提姆和别的孩子
和一场家庭聚会

有个小男孩名叫提姆。他马上就七岁了。

有时候,他会很悲伤,因为他是个小胖子,而且是全班最胖最胖的胖子。更糟糕的是,他还长得很矮,是全校最矮最矮的矮个子。有些孩子喊他"小巴哥",不过不是伶俐的八哥鸟,而是蠢笨的巴哥犬哦!要不就干脆叫他"胖子"。他们其实一点儿恶意都没有,可提姆听到别人这么叫自己,还是很伤心很难过,甚至会大发脾气,生气地冲人家喊叫:

"你们这些丑死了的长豇豆!一把骨头的骷髅架!竹竿栅栏篱笆墙!"

看到提姆气得要死,那些孩子就开心地大笑起来。有时候,提姆一想到自己是这么的又矮又胖,就会难过得哭起来。

提姆跟爸爸妈妈住在一座大城市里。他们住的房子几乎就是个地下室，进他们家先得走下三级台阶。房间的窗户刚刚与外面的地面齐平。说起来，他们根本就不需要从这栋楼的大门进出。

提姆的爸爸是个鞋匠。他可不只是会做鞋，他还会讲很多很多好听的故事。他挣钱不多，刚刚够养活一家三口。

提姆的妈妈并不在乎丈夫没什么钱，她高兴的是，孩子的爸爸是这么个善良又聪明的人。

提姆却不这样想，他宁可自己是个有钱人家的少爷。他常常在心里嘀咕：又矮，又胖，又穷，自己怎么会这么倒霉？世界上的坏事全落在了他一个人身上！于是他下决心自己去挣钱。他经常在上学前跑到市场上，帮那些商人拆卸货物。他心灵手巧，能把柑橘摞成高高的金字塔，把红萝卜和白萝卜拼成漂亮的图案。这些活儿他做得轻车熟路，常常能得到一个苹果、一根香蕉或一串葡萄的报酬。卖蔬菜水果的大爷大叔们，时不时地还会给他一个硬币。那些卖鸡蛋奶酪的大妈大婶们，甚至会给他两个硬币。提姆帮她们把鸡蛋从盒子里拿出来,一个都不会打碎。一拿到钱,他就跑去买糖果,分给同学们吃。提姆觉得,这么一来,小伙伴们就不会笑话他了。可是,事情并不像他期待的那样。同学们还是该怎么样就怎么样,要是他们觉得提姆可笑的话,照样笑他没商量。有些时候,他也会把挣来的钱存起来。等攒够了,就去买一块巧克力、一根雪茄,还有一根可以舔很久的棒棒糖。他把巧克力送给妈妈,雪茄送给爸爸,棒棒糖则留给他自己。

"哈,今天我们过节了!"爸爸会高兴地欢呼起来,"家庭聚会喽!"他把鞋匠的家伙什儿收拾起来,把雪茄叼在嘴上,然后就开始讲述走街串户找活儿干的趣事。每到夏天,他都要背上装好工具的背囊,出门去给人修鞋。他给人家干活儿,人家也让他在家里吃住。一路上,他经历了许多有趣的事,回来就不断讲述这些故事。

妈妈坐在旁边,吃着甜甜的巧克力。提姆舔着棒棒糖,每一口都轻轻地,好能更长久地享受甜香。

提姆不要做提姆
和胖国王的故事

有一天,提姆走进了爸爸的作坊,对他说:"我马上就要过生日了!"

"你想要个什么样的生日礼物呢?"爸爸问他。

"唉,什么礼物都不要。"提姆回答爸爸说,"只要我能不再做提姆就好。"

"你是想要再取个名字吗?"爸爸不解地问儿子,"那让我好好想一个响亮的名字给你吧。阿朵拉,你觉得这个名字怎么样?要不达哥波特?这名字听起来好了不起呀!让我再想想,还有什么没人用过的新名字。或者我们叫你楚恩王子怎么样?再不叫基库利·基库罗鲁斯?"

爸爸的话没能逗乐提姆,他还是愁眉不展。

"我不想要新的名字,"他对爸爸说,"提姆这个名字挺不错的。我就是不想再当我自己了，我想变成另外一个男孩。"

"嗯，"爸爸沉吟了一下，同时用五根手指梳了梳自己的头发，"这事儿就不好办了。那么你倒说说看，你想变成什么样的男孩呢？"

"高个儿！"提姆马上说道，"而且苗条！今天，同学们在学校里唱了一首歌：

    提姆提姆小胖子，
    呼哧呼哧迈步子。
    过桥压断桥板子，
    啪叽摔成肉饼子。

这是他们自己编出来的词儿，好多孩子都跟着唱，还一个劲儿地笑话我。我听得气死了，实在忍不住就大哭了起来。"

"可怜的提姆！"爸爸很同情儿子，"你该跟大家一起笑就没事了。我记得，从前有个很有名的国王，叫作胖提姆。人们总是唱歌笑话他，可他听了，

笑得比谁都更响,他甚至还跟着大家一起唱。就因为他的幽默和智慧,一位美丽苗条的公主爱上他还嫁给了他。他们生了六个孩子,三个是竹竿一样瘦长的王子,另外三个是矮冬瓜一样的公主。他们一家生活得十分快乐幸福,无人能比。"

可提姆既不快乐,也不幸福。

"我又不是国王!"他生气地大声喊叫起来,"我要是国王的话,每天都让人把那帮坏小子臭打一顿!要不我就干脆骑上我的马儿,跑得远远的,再不回来。可我现在不得不每天待在这儿,让人家没完没了地笑话我。我爸爸不过就是个在地下室修鞋的鞋匠。"

"哎呀!"爸爸说,"我想,你大概也想要另外的爸爸妈妈了。这可更难办了。"然后他又用手指梳了梳头发。他的头发乱糟糟的,这让他看起来像一只悲伤的刺猬。

"不是,不是的,"提姆着急了,"我不是这个意思,我本来就很爱你们的!我从来没有,也绝对不会想要别的父母。"他抱住爸爸,给了他一个吻。

"你看!"爸爸笑了,"我们从来没有,也绝对不想要另一个提姆。你就是我们在这个世界上最最喜爱的孩子。看来我们得另外送你一个生日礼物了。"

"是什么呢?"提姆好想知道。

爸爸把食指贴在提姆的唇边,手指有一股皮革和胶水的味道。

"别问。"他小声对儿子说,"今年我们会送给你一份特殊的生日礼物。这样的礼物,你们班上还没有哪个孩子从父母那里得到过呢。"

提姆忍不住追着爸爸妈妈问了又问,央求了再央求,可他俩却守口如瓶,一个字都不肯泄露。面对儿子的纠缠不休,两个人都只是笑笑,于是提姆也笑起来。如果这个礼物这么神秘的话,那么一定会美好得令人难以置信吧?

也许是一辆电动小火车?要不就是一匹活蹦乱跳的小马——正好可以骑着去散步?提姆的脑子里盘旋着无数美妙的想象。

生日前的九百分钟
和蠢人的故事

生日前一天,提姆在学校里已经坐不住了。他不断地在座位上滑下来又蹭上去,认真听讲那是门儿也没有了。他一节课一节课地熬着,一整天都只等着铃声响起。毕竟每当铃响,就说明又一个小时过去了。阅读课,他搞不清课本该翻到哪一页。算术课,他迷迷瞪瞪地说"11减2等于7"。老师问大家圣诞节在几月份,提姆大声回答:"明天!"

他放学回家后的第一件事,就是帮家里买东西。妈妈给了他一张纸条,上面写着:

1包盐　6个鸡蛋　1磅米　2个柠檬

"我根本用不着带纸条,"提姆对妈妈说,"我都快七岁了,记住每样东西拼写的第一个字母就足够了。很简单嘛,Salz(盐),Eier(鸡蛋),Reis(米),Zitronen(柠檬)——第一个字母拼在一起就是SERZ。"

他把纸条放在柜子上，然后就跑去商店了。

一路上，提姆满脑子都是生日的事。到了商店，他把要买什么忘了个精光，只记得四个打头的字母是S-E-R-Z。提姆转着圈儿把货架上的东西挨个儿看了一遍，想着没准儿能记起妈妈交代的四样东西来。最后，他决定了买这四样：肥皂（Seife），鸡蛋（Eier），葡萄干（Rosinen），还有两支雪茄（Zigarren）。

妈妈看到买回来的东西笑了起来。

"现在我只好拿肥皂煮汤，然后撒上点儿葡萄干了！"妈妈大声说。

"可鸡蛋我买对了！"提姆说，"这个我一直记得很清楚。"

爸爸也笑了，他很高兴儿子买了雪茄。

下午的时候，爸爸和妈妈把自己关在作坊里。提姆只听到里面传出缝纫机的嗒嗒声、爸爸的口哨声和锤子敲打的声音。妈妈也跟着一起吹口哨，可到了高音区吹不上去，只好改成唱了。

提姆敲了敲门。

"出去玩吧!"爸爸妈妈一起冲他喊。

可提姆一点儿也不想去玩,也没心思写作业。他什么都干不了,过不了一会儿他就跑去敲敲作坊的门问:"现在几点了?"

里面传来爸爸的声音:"现在离你的生日还有九百分钟!"再不就说:"再过四分钟,离明天早上还有十六个小时!"或者:"离七岁就还差半天了!"

到了夜里,提姆根本无法入睡。妈妈给他端来了一杯糖水,可这没用。妈妈只好叫来了爸爸。爸爸坐在提姆的床边,给他讲了一个故事:

从前有个男人,总觉得从这个生日等到下一个生日,间隔的时间实在是太长了。他很有钱,于是他对太太说:"从明天起,我要每天都过生日。明天,后天,大后天,整整一年都是。你得每天给我在桌上放一个生日蛋糕,还要插上蜡烛。当然,生日礼物我也要。"

从那以后,他每天都能得到蛋糕和礼物。每天早上,太太和孩子都会对他说"生日快乐"。好几个月过去了,每天都是这样。开始的时候,男人很享受这一切;时间长了,慢慢就觉得没意思了。终于有一天,他忍不住喊叫起来:"老天爷呀,我到底哪天该过生日啊?""你真正的生日是在一周前。"太太告诉他,"你只是没注意,因为我们每天都在给你庆祝生日。"这时候,有钱的男人终于明白,自己是多么的愚蠢。从此,他也像其他人一样,每年只过一次生日了。

"这人好可怜哪,"提姆对爸爸说,"他还得等上整整一年才能过生日,而我,只要睡上一夜就到生日了。但是我怎么都睡不着,肯定得睁着眼睛熬到明天早上了。"

妈妈又来了。她给提姆唱起了催眠曲,就像从前一样,那时他还是一个小男孩。妈妈唱完五首歌时,提姆终于进入了梦乡。

火鞋和风鞋
和一个伟大的计划

等到提姆再次醒来的时候,已经是他生日的那一天了。他开心地跑进了爸爸妈妈的房间。

"早上好!"他大声问候,"现在,我过生日了!"

他得到了好多好多的亲吻。爸爸妈妈祝愿他幸福快乐,他们穿着睡衣就跑进了厨房。虽然妈妈觉得,大家应该先换好衣服再来,但是提姆一分钟也等不了啦。

厨房里,生日蛋糕摆在桌子上。可是那个绝妙的大礼物在哪儿呢?蛋糕的旁边,只有两双鞋子放在那里呀。一双是崭新的红色童鞋,另一双则是巨大的男式凉鞋。椅子上,还放着两个背包,一个大,一个小。提姆四下里张望了一圈,没有发现别的东西。难道除了这些,他再也得不到别的生日礼物了吗？只有一双新鞋子和一只跟同学一起出游时背的背包吗？没有小火车，根本就没有玩具！可他该拿那双大鞋子和大背包做什么呢？它们看起来是给爸爸准备的，可今天又不是爸爸的生日。

"鞋子做得还不错，是不是？"爸爸问他，"背包是你妈妈自己缝制的。你得好好仔细看看，这么漂亮的背包你在哪儿也买不到。"

"没错，"提姆回答，"是很漂亮。谢谢。"一边说，眼泪一边在他的眼眶里打着转。唉，说到底，自己还是一个可怜的穷孩子啊，爸爸妈妈根本买不起玩具给他做生日礼物。

"现在，好戏该上演了。"妈妈赶紧安慰提姆。

"别，让我来说！"爸爸大声说，生怕妈妈抢了他的角色。"我想出了一个好主意！"他接着说，"亲爱的提姆！你肯定很想成为一个国王，骑上马儿去远方。可是很遗憾，我们没法送你一匹马，因为我们根本就没有养马。但是穿上这双新鞋子，背上这个漂亮的背包，放假的时候，我们可以去远方游历。

我们俩一道翻山越岭,去到那些冷清的农场和人烟稀少的村庄。我给那儿的人修鞋,他们给我们提供睡觉和吃饭的地方。当然了,我也能挣到点儿钱,寄回家给妈妈。你愿意跟我出门吗?"

"好哇!"提姆高兴得叫起来,"那我们就是真正的流浪汉了吧?"

"我相信,你们很快会变成真正的流浪汉的,你们爷儿俩!"妈妈大声说。

爸爸和提姆穿上新鞋子,背上新背包,在厨房里开始了大踏步地行进。妈妈也加入了队列,三个人都穿着白色的长睡衣,齐声唱道:"磨坊主喜欢去远行!"

他们唱得很来劲儿,歌声都飘到了大街上。

"停!"爸爸大喊一声,自己先站住了,"我还有一件礼物给你!一个新的名字,我要叫你火鞋提姆!"

"太棒了!"提姆高兴极了,"听起来就像是印第安人的名字。出门在外时你都要这么叫我。可我们俩都得有个新名字啊,你想叫什么呢?"

"我有主意了！"妈妈也叫起来，"他该叫风鞋！"

"你觉得好吗？"爸爸有些拿不定主意，"这听起来有点儿轻飘飘的。"

"你就叫风鞋！"提姆赶紧说道，"风鞋！我还从没得到过这么棒的生日礼物呢！"

他们几乎把整个生日蛋糕都当成早餐吃掉了。

在早餐桌上，他们聊了很久，为即将开始的旅行设计了很多计划。提姆上学差点儿迟到了，幸好他穿了新的红色火鞋，比穿上其他任何鞋子都跑得快。

在学校大门口，他碰到了老师。老师老远就跟提姆打招呼："提姆，生日快乐！"

可是提姆忘了道谢，也没说"早上好"。

"什么时候放假？"他上来就问老师，"我现在叫火鞋提姆，我爸爸叫风鞋！"然后他又跟老师讲起了自己的生日礼物。

师生二人聊了好久才走进教室。不过这不算啥，毕竟，提姆今天过生日嘛。

珍重道别
和一亿头狮子的勇气

又过了整整一个星期,终于放假了。这天早上,提姆穿上了他的火鞋。

妈妈跟提姆一样激动不安。她给爷儿俩包好抹了黄油的面包,从柜子里拿出爸爸的宽边旧呢帽,又把一块毛毯牢牢地捆在背包上。

"要小心哪,你们俩!"妈妈唠唠叨叨地说着,"记得要穿干爽的袜子,我给你们烤了个蛋糕带上,可你们得等到明天再切开吃,现在吃还太早了。哦,我肯定每天晚上都会睡不着觉的,让我怎么能放得下心呢?对了,爸爸的背包里还装了一根香肠,别一次就都吃光了。一定记得给我写信,告诉我你们过得怎么样。天下雨的话,一定要穿上干爽的袜子!你们俩听到了没?"

"放心吧!"爸爸回答说,"香肠一定要等到不新鲜了再吃。只要我们看到一个邮箱,就把干袜子塞进去。蛋糕嘛,看到天下雨了才可以吃!"

"咳,你呀!"妈妈只说了一句,就已经在擦眼睛了,没人知道,她是笑出了眼泪,还是因为分离在即而流泪。爸爸赶紧过去吻了她一下,提姆使出全身的力气,紧紧地抱住了妈妈。

"跟我们一起去吧!"他小声央求妈妈。

"不行啊,"妈妈说,这时,一颗大大的泪珠顺着她的鼻子流了下来,"总得有一个人待在家里,好告诉那些老主顾,我们风行万里风鞋老师傅的流动鞋铺,在外面巡回四个星期以后一定会回来。"

她送提姆父子走到大街上,大声对他们说:"现在,上路吧!"一边笑着,一边朝他们挥着手,还不时地擦一下眼睛。

提姆往前每走两步,就回头朝妈妈看一眼。

"你别干太多的家务活儿!"爸爸朝妈妈喊了一句,"晚上一定记得锁好门窗!"

"平平安安回家来呀!"妈妈也喊了一声,然后又朝他们挥了挥手,就赶紧转身回家去了。

"我们来唱首歌吧。"爸爸对提姆说。

"可我唱不出来,"提姆说,"我的嗓子眼里塞了块什么厚厚的东西。"

"嗯哼——"爸爸清了清嗓子,"我也一样呢。嗯哼,都是离别闹的。我们得把它唱跑才行。"

然后,他们一道唱起了《上帝给谁真爱》这首歌。不过,他们只是轻声哼唱,因为住在这条街上的人们还在睡梦中呢。

突然,提姆停下脚步,大声说:"现在!"

"现在怎么了?"爸爸吃惊地问道,"你被黄蜂蜇了吗?"

"现在真的开始了!"提姆坚定地说道。

爸爸问他:"你有没有带上狮子的勇气和骏马的力量,火鞋?"

"我带上了一亿头狮子的勇气和一亿匹骏马的力量!"提姆大声回答爸爸,又问道,"我们会碰到很多危险和奇遇吗?"

"当然了,"爸爸告诉他,"随时随地都可能要经历风险和奇遇的。"

提姆又问爸爸,他们会不会在森林里碰上强盗,或者危险野兽什么的。再不然,没准儿他们还能挖出从前藏在地下的宝藏呢。

"那可太棒了!"爸爸说,"不过现在得马上跑到火车站去。不然的话,火车该丢下我们自己开走了,而我们呢,就错过了最刺激的奇遇。"

奇遇的到来和提姆的第一次冒险

火车带着他们来到了一个小车站。远处,高高的山峰映入了他们的眼帘。

提姆从来没到过乡下。他的奶奶住在一座大城市里,所有的叔叔阿姨舅舅婶婶们也都是城里人。

提姆惊讶地喊道:"这么一点点大的火车站!那么漂亮的苹果树,还有草地、小溪。风鞋快看,这可是真正的草地小溪呢!"他兴奋地跑在爸爸的前头。小小的背包随着他的脚步,在背上一颠一颠地。阳光洒向大地,调皮的风儿吹拂着他们。他们沿着公路没走多远,爸爸就拐上了一条田间小道,小道一直穿过草地和农田。提姆走几步就停下来,"这花叫什么呀?"他不停地问爸爸,"那个在地上爬的是什么动物?"

可天气越来越热，脚下的小道越来越陡，背上的行囊也好像越来越沉。提姆不再提问题了。

最后，他们终于来到了森林里。

提姆发现了覆盆子浆果和一些小小的野草莓，可爸爸却说："走吧，还不到休息的时候呢。"

"知道了。"提姆回答，他其实已经很累了。

有一次，一只兔子端坐在小路的正中间，嘴里还嚼着苜蓿。

"兔子都在吃午饭了！"提姆大声说。

野兔被他吓了一跳，跳起身来蹿进了路旁的灌木丛。

"走吧，"爸爸还是说，"离吃饭还早呢。"

"你确定吗？"提姆问。

"没错。"爸爸说着笑起来。

不过他们很快就来到了一块小小的林间草地，在那儿，爸爸打开毛毯铺在地上。他从背包里拿出黄油面包和鸡蛋，还有一瓶茶水。提姆的背包里装着一块巧克力，还有一根大大的棒棒糖夹在面包中间。当然了，他们一定得尝尝香肠的味道。爸爸甚至还使劲闻了闻包着的蛋糕。但提姆严厉地喝止了爸爸："住手！风鞋，这可不行！妈妈不让我们这么做！"

"嘿嘿嘿，"爸爸讪讪地说，赶紧把蛋糕放回了背包里，"你倒成了小监督员了！"

说完，他把背包往脑袋下一垫，不一会儿就打起了呼噜。提姆可睡不着。他想：还是醒着吧，不然的话，万一来个强盗或者野兽怎么办？他仰面朝天躺在地上，嘴里吮着棒棒糖，眼睛看着树枝在风儿的吹拂下摇摆着。

那边！那边发出的是什么声响？这里，在干树叶里又有什么？藏在那边的灌木下面，现在好像又回到这儿来了！

"爸爸！"提姆忍不住喊了起来，"有蛇！"

爸爸打了个哈欠，笑了起来，"一只小老鼠啦！"

他大声说,"你这么大嗓门,瞧把它吓得,差点儿没钻进我的裤腿里来。再说了,火鞋提姆,你带来的一亿头狮子的勇气呢?"

"我觉得,狮子们都已经睡着了。"提姆回答爸爸,并朝他挤了挤眼睛。

"还真是,"爸爸回答说,"我有次在哪儿读到过,狮子一舔棒棒糖就晕晕乎乎想睡觉了。"

他们一边谈笑着这次伟大的冒险,一边收拾好行囊,继续上路了。

吓死人的阿尔玛
和了不起的提姆

旅行的第一天,运气还不错。他们走出森林穿过一片草地时,碰到了一个农夫。爸爸问他,这一带有没有要修鞋的——哦,有哇。农夫告诉他们,应该到前边的农庄去,找那里的主妇问问。

他们听从农夫的话,来到了农庄。看到有修鞋的师傅上门来,农庄的主妇很高兴。一会儿工夫,她就把所有咧着口子张着嘴的鞋子都搜罗来了。风鞋爸爸打开了工具箱。

农庄里也有一个孩子,是个小女孩,名叫吉赛拉。

吉赛拉正好跟提姆一样大,对提姆现在就能跟着大人一起四处游历,她羡慕佩服得不得了。

"啊哈,"提姆说道,"对我来说,这根本就不算回事。我可是叫火鞋提姆哇!"这么说着的时候,提姆觉得自己非常了不起。

吉赛拉带提姆去她家的马厩、牛栏、猪圈、鸡舍,看了各种牲畜,还有散养的狗和猫。

她还告诉提姆:"我们家的奶牛还在外面的牧场上吃草呢,等下我要去把它们牵回来。你想跟我一起去吗?还是说你会害怕牛?有些城里的孩子一见到我牵着牛走过来,就吓得远远跑开了。"

"我?"提姆反问说,"你觉得我会害怕牛?这也太可笑了!"

傍晚的时候,他们一起到牧场上去牵牛。那些奶牛已经在牧场的大门口等着了。吉赛拉对它们很熟悉,能说出每头牛的名字。这是艾拉和贝阿塔,这是奥尔加、阿尔玛和艾玛。

吉赛拉告诉提姆:"艾拉是领头的牛,我牵上它,其他的牛就都跟着走了。你可以牵着阿尔玛,它走在最后面。它很老实很乖的。"

提姆手里立马被塞进了一根绳子,绳子那一头是又胖又大的奶牛阿尔玛。提姆把胳膊伸得直直的，尽可能地跟阿尔玛保持最大距离——它的脑袋上可长着尖锐的巨大牛角呢。

开始的时候，一切都很顺利。吉赛拉牵着那些奶牛往回家的路上走，阿尔玛和提姆跟在最后面。提姆想：这下人们都能看到了，自己是个多么了不起的小伙子！不像那些城里孩子，提姆压根儿就不怕奶牛。这么想着，他觉得自己又高大了许多。

可是就在这时，阿尔玛突然站住不动了，低头吃起路边的草来。也许它还没吃饱？要不就是路边的青草比牧场上的好吃？提姆只好等着阿尔玛吃完。可它吃起来没个够，不断地把草从地上卷起来，送进嘴里嚼着，眼睛还看着别处的草。

"求你了！"提姆很无奈，"我们必须得往前走了。"

阿尔玛继续吃草。吉赛拉和其他奶牛早就走得无影无踪了。阿尔玛还在吃啊，吃啊。提姆小心地拉拉牵绳。阿尔玛跟着走了三步，又停了下来。它甩着尾巴，几乎打到了提姆的脑袋。

"呸！"提姆不高兴了，"别这样！走吧！"这次他使劲地拽了拽牵绳。

"啊哞——哞——"阿尔玛大叫起来，还把头转向了提姆。

提姆大吃一惊。他站在牛的身边，感觉牛的叫声大得吓人。而且牛眼睛居然这么大！提姆吓得朝外跳开了一步，手里的牵绳又拉紧了一点儿。

"啊哞——哞——"阿尔玛叫得更响了，同时摇晃着大脑袋，掉转了屁股，撒开丫子跑起来！提姆压根儿就不知道，奶牛还能这样狂奔。他被牵绳拽着，只好跟着跑。

"站住！站住！"他使劲喊道，"方向错啦！"可阿尔玛却迈着它自作主张的沉稳的脚步，跑进了森林里。提姆都快要哭出来了。难道这头吓死人的奶牛要把他一直拖到森林深处去吗？他可不能放开手里的牵绳！这会儿林子里已经这么黑了呀！

"吉赛拉！"提姆放声大喊，"吉赛拉！"

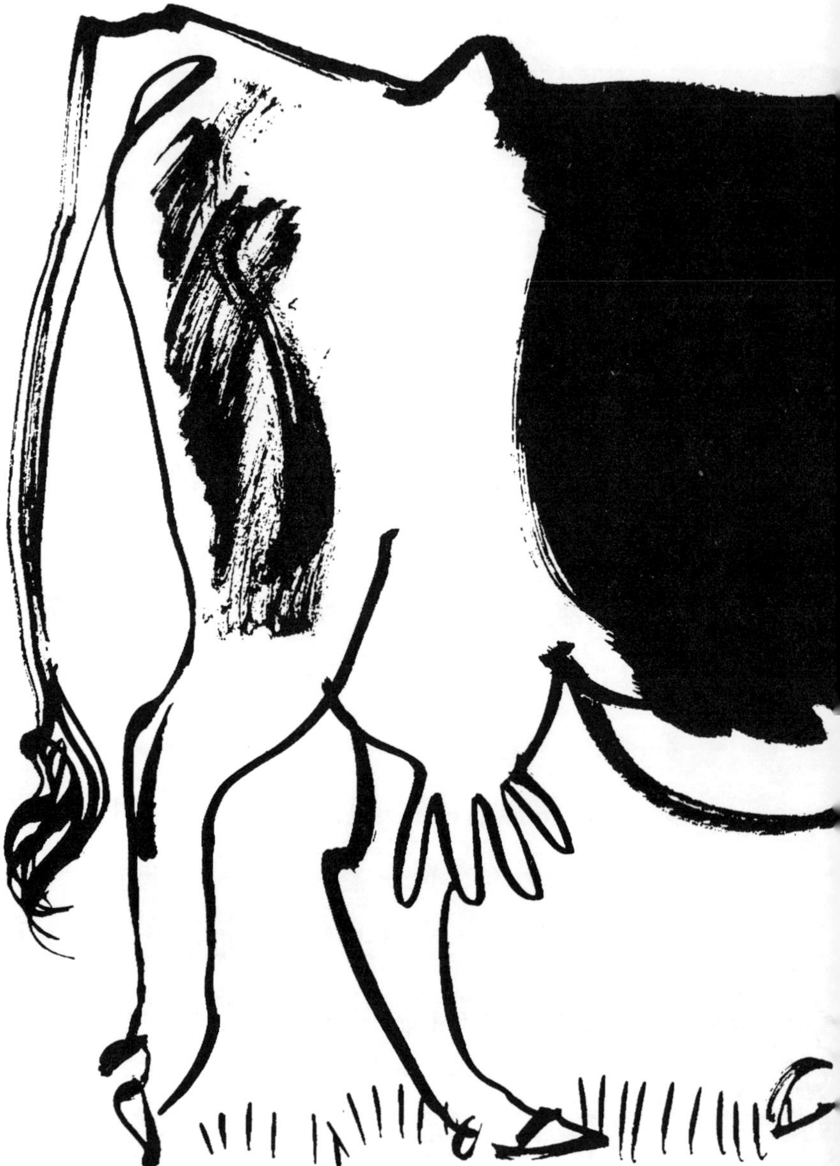

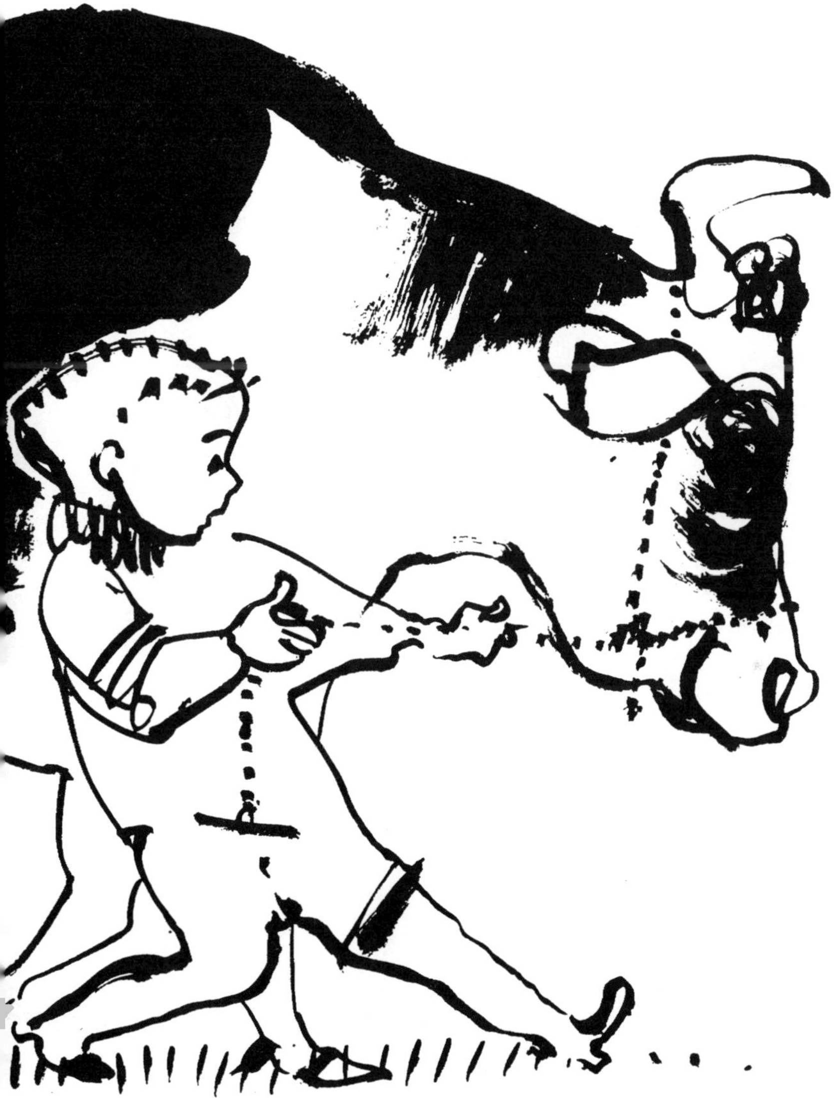

"哎——你们在哪儿呀?"吉赛拉也在喊。

"这儿呢!在林子里!快来帮帮我!"提姆回答道。

"啊哞——哞——"阿尔玛还在大叫。

终于,吉赛拉跑来了。她接过牵绳,一边朝阿尔玛屁股上打了一下,一边吆喝:"驾,阿尔玛,驾!"奶牛马上乖乖地跟着她,不紧不慢地迈步朝山下走去。提姆跌跌撞撞地跟在后面,现在他一点儿都不觉得自己有啥了不起了。

"天哪,风鞋!"晚上,爷儿俩躺在客房的床上,他对爸爸说,"你想想看,差点儿你就得独自一人继续上路了!而我只好被那头吓死人的阿尔玛拽着去周游世界了!"

他们开心地笑着,对新的一天充满了期待。

桥上的提姆
和老鱼的故事

就这样,火鞋和风鞋一起漫游在乡间村落。

几乎每到一处,爸爸都能找到活儿干。他甚至还挣到了寄回家的钱。提姆是个勇敢的游伴。他那双红色的鞋子已经蒙上了厚厚的尘土,还被路上的石子和荆棘划得乱七八糟。只要前面的路一眼望去看不到尽头,他就和风鞋一起唱起歌来,他们最爱唱那首自己编的《流浪鞋匠之歌》。

爸爸开始唱:

> 火鞋提姆,
>
> 火鞋提姆,
>
> 拉着奶牛
>
> 迈不开脚步!

提姆接着唱:

　　　　风鞋老爸,
　　　　风鞋老爸,
　　　　想吃蛋糕
　　　　馋得流哈喇子!

他们一起唱:

　　　　我们两个修鞋匠,
　　　　森林再黑也敢闯。
　　　　不怕道路远又长,
　　　　不怕沟渠把路挡。

　　　　火鞋风鞋,
　　　　　　一起去流浪!
　　　　风鞋火鞋,
　　　　　　流浪去远方!

他们越走山势越高。这天,他们来到一条小河边。

河水并不深，有人在河面上搭了块又宽又结实的木板当作桥梁。爸爸很快跨过木板，一直朝前走。

提姆到了河边，却站在木板前犹豫起来。这里完全没有可以抓住的地方，连个扶手都没有，就这么走过危险的河流吗？猛然间，"提姆提姆小胖子"的歌声又从他脑子里冒了出来。要是走在上面的时候，真要"压断桥板子"可怎么办？

"风鞋——"他喊爸爸，"请伸手拉我一把，帮帮我呀！"可是河流湍急，他的声音被水声淹没了。爸爸根本就听不到他的呼救声，要不就是他故意做出听不到的样子。究竟是怎么回事没人知道！爸爸越走越远，没过多一会儿，提姆就看不到他的背影了。

"现在我要走过去了！"提姆大声对自己说。可是他的腿却不听使唤，一步也不愿意迈出去。它们宁可僵在岸边。

"立刻，马上！"提姆又说了一遍。可他的腿还是不想动弹。

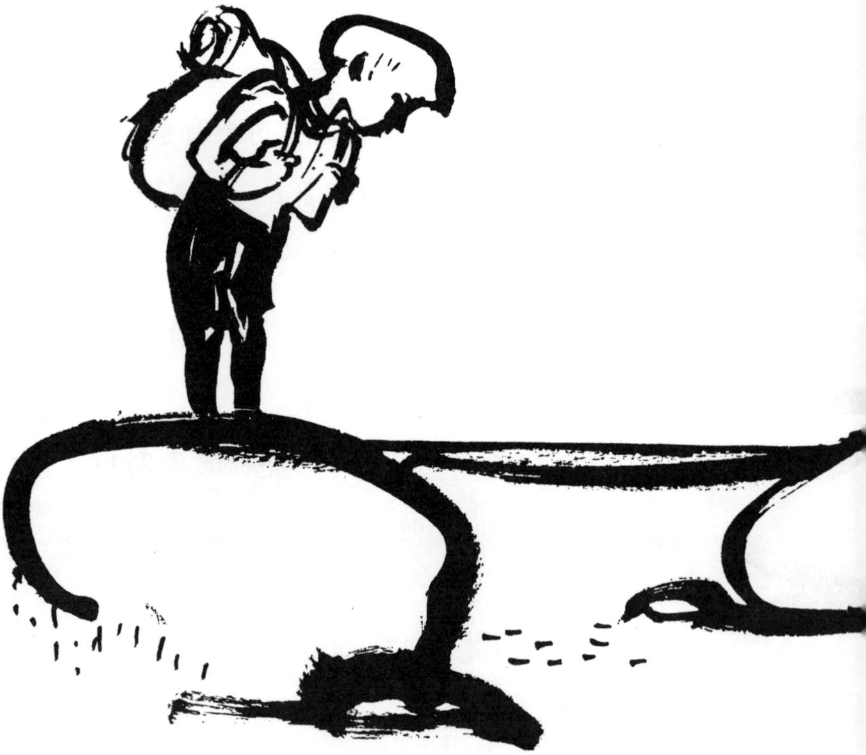

提姆想：现在我把眼睛闭上，这样我就看不到那块讨厌的木板了，肯定也就不害怕了。

他真的这么做了。他紧紧地闭上眼睛，拔腿朝前方冲去。

扑通一声，提姆一屁股坐到了河水里。哇，水可真凉！爸爸就站在眼前！原来他没走远，又回来了。这会儿他笑哇笑哇，笑个没完。

提姆爬上了对岸，使劲拧着裤子上的水。开始他恨恨地想：风鞋真是个乌鸦爸爸，这么黑！不过没一会儿，他也跟着爸爸笑了起来。

接下来，他不得不趴在地上，晒了一个小时太阳。晒裤子的时候，爸爸给他讲了一个故事：

从前哪，有一条很老很老的老鱼，它在很大很大的海里游了一百二十二年，没有哪个渔夫能把它钓上来。对付他们，老鱼可是太有办法了。它一看到渔网或者鱼钩，就会绕一个大弯子，远远地躲了开去。就是用最肥美的蚯蚓，也别想把它骗上钩。可是，在度过了一百二十三岁的生日以后，它突然觉得生活好无聊。总是这么在大海里游过来游过去的，让它觉得很不满足。

它非常想知道，出了水面，阳光下的世界是什么样子。对这个问题，没有哪条鱼能告诉它一点儿什么信息。就是那些已经一百二十四岁的鱼，也无法帮到它什么。于是，老鱼想：我得让人把我钓住，这样他们就会把我拉到岸上去，然后我就能看到水面以外的整个世界了。

它离开大海，游进了一条河，等它游到一座桥下的时候，桥上正坐着一个钓鱼的人。他已经等了三个小时了，可一无所获，没有一条鱼儿来咬钩。

噗！鱼竿一沉，老鱼一口咬住了鱼钩上的蚯蚓。桥上的人高兴坏了，赶紧把老鱼拉出水面，拽上桥来。可老鱼一点儿也不开心，这会儿它才发现，在空气里根本就没法呼吸。它翻滚着直打挺，使劲拍打着尾巴。哎呀，太阳晒在身上好烫！它能感觉到，自己已经快要被晒干了。

钓鱼的人抓住老鱼的尾巴，把它拎得高高的，好让其他钓鱼的人都能看到，他钓上了一条多么大的鱼。不过老鱼还是很强壮的，它聚集起全部的力量，弓起身来又猛地挺直，同时尾巴剧烈摇摆，终于挣脱了那人的手，重又跌落桥下，回到了水里。它拼命往大海游去，能游多快就游多快。

从那以后，它对所有的鱼都说："岸上太可怕了！你会被晒干的！这样的情形你们能想象吗？我可不明白，那些人和陆地上的动物怎么能忍受得了呢？你们这些鱼呀，还是待在水里做一条鱼吧！"然后他度过了一百二十五岁的生日，再然后它又碰到了一件倒霉的事。有一天，它正在一条林中小溪里闲游，莫名其妙掉下个小男孩，一屁股正好坐在了它的肚皮上。可怜的老鱼就被吓死了。

"不对！"提姆大声表示抗议，"风鞋，这会儿你又瞎编了！我根本就没坐到任何鱼的身上。"

"没有吗？"爸爸问，"那我搞错了。就是说，老鱼也许活过了两百岁？好啦，现在起来吧，你的裤子已经干透了。"

黑暗和胆小鬼
和星星

有一天,他们过得很糟。不管到哪里去找活儿干,都被人立刻打发走。天黑下来的时候,他们还在路上。提姆的肚子饿极了,两只脚也走得好痛。

"到了下一个村子,我们就去找家小旅店。"爸爸说。提姆的眼前出现了香喷喷的土豆大丸子和烤肉,还有一张铺着白被单的床铺。立马,他加快了脚步。

可他们现在,必须先穿过一片茂密的森林。夜幕降临了,森林里黑得有些瘆人。眼前的道路已经看不清了,他们不时被地上的树桩和石头绊倒。带刺的黑莓藤蔓和乱糟糟的野生蕨草总是拉扯着他们的脚,不让他们往前走。他们迷路了。

提姆紧紧抓住爸爸的手,说道:"有一次我们老师讲了一个词,叫作'黑暗'。我想,这就是黑暗吧!"

"还不是。"爸爸告诉他说,"只有当一个人绝对孤独非常悲伤的时候,他所处的环境才是黑暗的。我们可一点儿都不孤单,你和我在一起,我待在你身边,而且天边还有美丽的星星。亲爱的上帝也和我们在一起,他正握着你的另一只手。"

"这我可不信,"提姆怀疑地说,"他一整天都没关照过我们。"说完他就把另一只手插进了裤子口袋,对爸爸说:"你能给我讲个故事吗?"

"好吧,我来给你讲一个夜晚的故事。"爸爸开讲啦——

从前有一只特别容易受到惊吓的兔子,它是个不折不扣的胆小鬼。白天,它感到害怕,因为天是那么的亮;黑夜,它也惴惴不安,因为夜是那么的黑。确实,有一次它差点儿被狐狸抓住。还有一次,一只老猫头鹰紧紧跟在它的身后。它紧张得不敢再离开藏身的灌木丛了。

一天夜里,小兔子饿得实在受不了,只好

跑出森林，到林子边上的苜蓿地里去。谁知道，那里正好有一只肥壮的野山猫蹲坐在树杈上，它那绿莹莹的眼睛闪着亮亮的光。"太好了，可爱的小兔子，你来得正是时候。"野山猫龇着牙对小兔子说，"我这会儿正想尝尝兔子肉呢！"

山猫贪婪的眼睛闪着绿光，可怜的小兔子吓得一动都不敢动。它抬头朝山猫的眼睛望去，也看到了森林上空的星星。"啊，亲爱的山猫大人！"小兔子的声音又尖又细，"我这么瘦这么小，一点儿吃头都没有。您不想来只肥美的鸽子当晚餐吗？您瞧，七只美味的鸽子就在那儿，正好在您头顶上方的天空里！"——"鸽子在哪儿呢？"野山猫咆哮起来，胡子翘上了天。就在这一刻，小兔子嗖的一下蹿进了灌木丛，躲进它那铺着干草和树叶的暖暖的洞里去了。

提姆专心听爸爸讲故事，完全没发现，树林已经越来越稀疏了。然后他们看到，山谷里出现了一处村落。可村里所有的房屋都沉浸在黑暗里，已经看不到任何灯光了。

"我们就在这里过夜吧。"爸爸说。

森林的边上有一块麦田，麦子已经收割完了，巨大的方形麦秸垛还堆放在田里。爸爸把麦秸收拢到一起，于是他们有了一栋麦秸屋。爸爸又解下背包上的毯子，铺在从林子里收集来的落叶上，现在，他们又有了一张床。在提姆看来，这可比旅店里的床铺强多了。爸爸的背包里还有一块面包，他们一起分享了面包，味道也比饭店里的土豆丸子加烤肉好吃一百倍。他们躺在毯子上，仰望着夜空。爸爸指给提姆看天上的北斗七星，那就是小兔子骗过野山猫时看到的那些星星。还有大熊星座和小熊星座，连南冕、北冕以及天鹅星座，他们都能看得到。他们的眼前，悬挂着美丽的星空。

"我还是最喜欢北斗七星。"提姆说。

他小声地问爸爸："爸爸，你觉得，亲爱的上帝会生我的气吗？因为我之前那么说他来着。"

"不会的,"爸爸安慰他,"他知道你当时是迷路了嘛。"

"怎么会这样呢?"提姆惊奇地喊出声,"我的手插在裤子口袋里,他都能握到。我太高兴了,今天白天不那么幸运,可现在一切都变得这么美好!要不,我们也不会在外面过夜,说不定只是在哪个到处都一样的床上睡一觉罢了。"

这会儿父子两人都累得不行了,他们深深地蜷缩在麦秸屋里。巨大的森林中松涛阵阵,有时候不知从哪里传来一声动物的吼叫。

"这是一头獐子。"爸爸说,"它叫起来的声音就像狗吠,像哑嗓子的狗在叫。现在叫的是一只猫头鹰。"

"这是什么在窸窸窣窣地响?"提姆问道。

"嘘!"爸爸示意提姆小声点儿,"这是我们的星星兔,它正在去村里菜园子的路上呢。"

提姆听着爸爸的话,很快就沉入了梦乡。

小胖子提姆
和一只黑羊的故事

第二天早上,他们起身朝下面的村子走去。爸爸在一个小农庄里找到了工作。

提姆去街上玩。那儿有一群孩子正在踢足球。

"你们看,那儿来了个小胖子!"一个小孩嚷了一嗓子,他用手指着提姆。所有人都看着他,嘻嘻哈哈地笑起来。

"你们这些笨蛋!"提姆小声地反驳着,可他的声音小得没人能听到。他能感觉到,自己的脸红了起来,便转身跑回去找爸爸。

"怎么了?"爸爸注意到,提姆又伤心起来了。

"这儿的人也都一样,"提姆难过地说,"他们笑话我,因为我是个小胖子。我为什么会长得这么难看?"

"可你一点儿都不难看!"爸爸大声说,"你看上去就是提姆,整个世界上也只有一个火鞋提姆。他只不过现在有点儿胖,你得习惯并接受他。"

"可是我不想不想不想!"提姆生气地喊叫,"从现在起,我什么也不要吃了,直到我瘦下来为止。"

"那样的话只会让你生病,不过别再吃那么多甜食了。而且也别生自己的气了,否则的话,你只会越来越胖,越来越伤心,而伤心也只会让你病得更厉害。就是那头小黑羊也得过这种病,我一直想给你讲讲这个故事的。"

"是这样的。"爸爸接着说——

从前有一只黑色的小绵羊。羊群里所有的羊都是白色的,至少它们都认为,自己是白色的。其实它们看起来都是灰不拉叽的,可是它们却总是不屑一顾地斥责小黑羊:"呸,你黑得好恶心!"于是,小黑羊很伤心,它跑得远远的,还把自己藏起来。

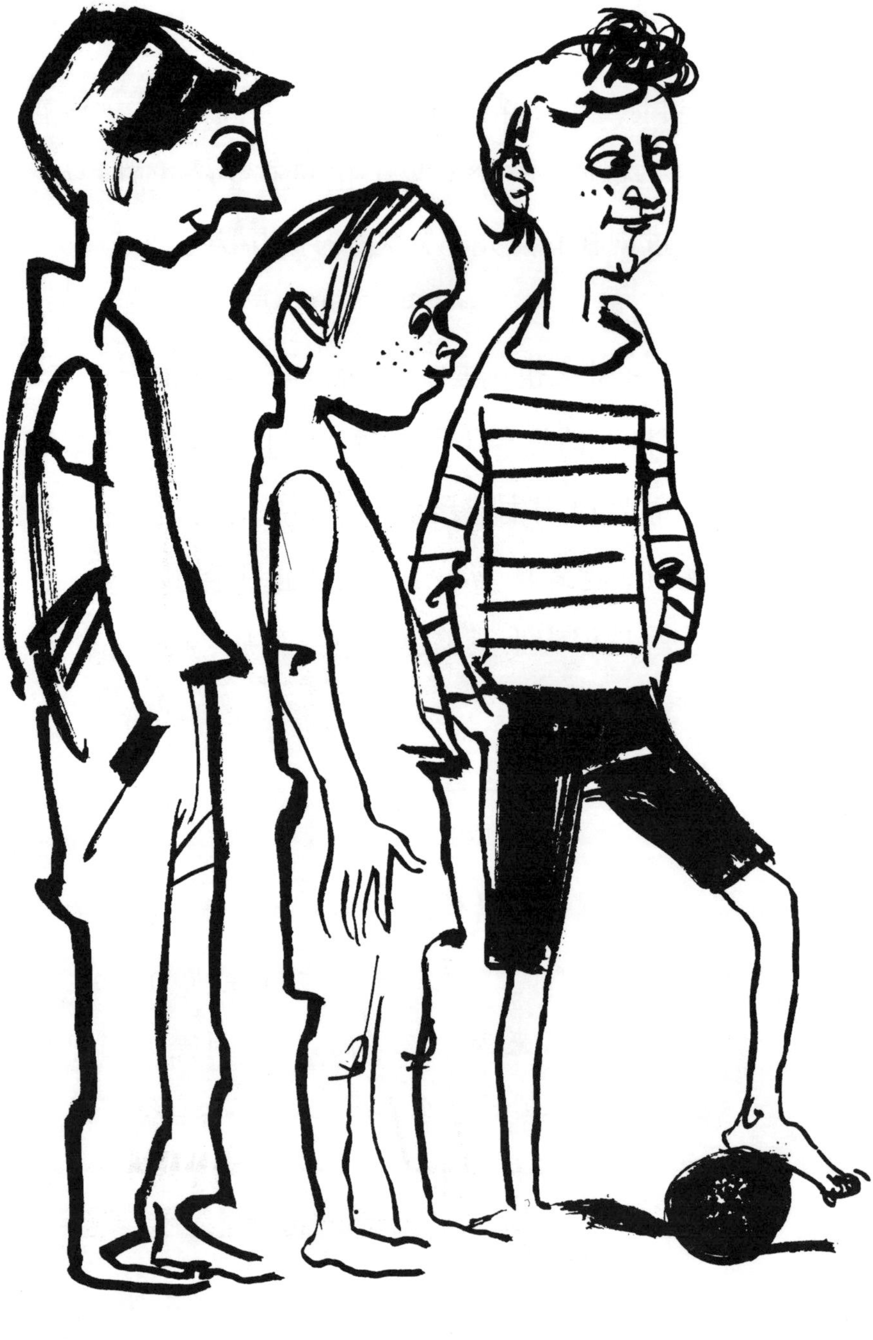

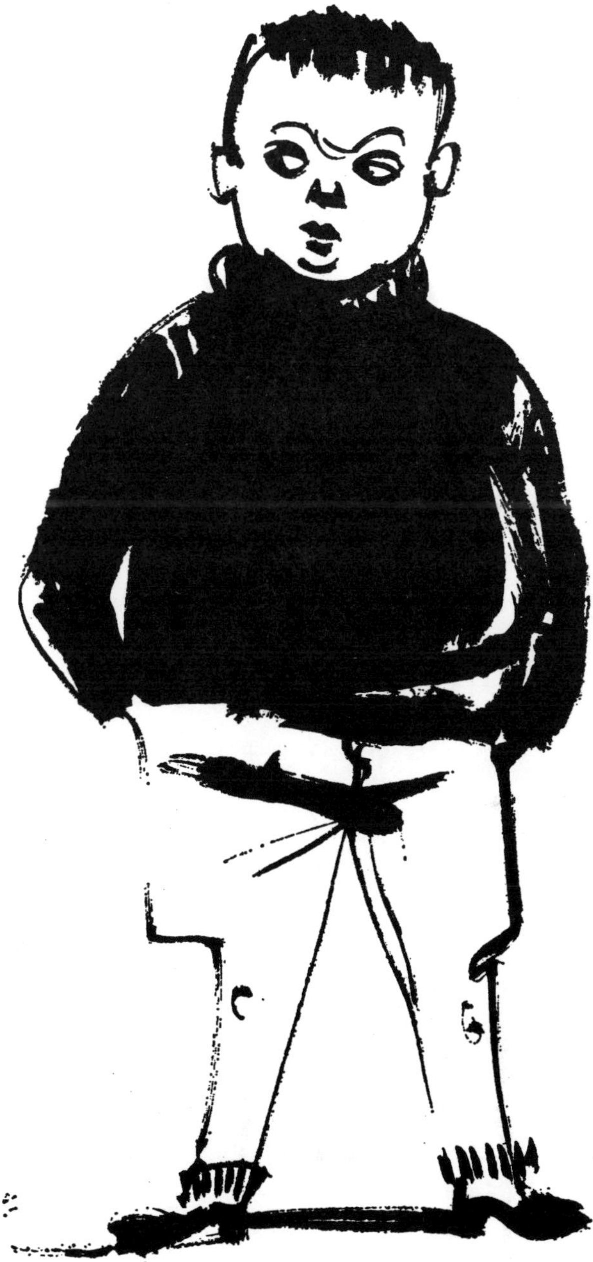

有一回，它甚至跳进小溪里，整整泡了三个小时，可就是这样，也还是没能把自己洗白了，而冰冷的溪水还让它得了重感冒。它又跑到另一群绵羊那里，但情况也还是一样的糟糕。"呸！"那些陌生的羊也这么说，"你们谁见过这么黑的家伙？所有的绵羊都应该是白色的！"

可怜的小羊想，上帝在造它的时候，一定错用了黑色的颜料。它想去向上帝求情，请他把自己变成白色的，就像其他的绵羊一样。

它先来到了小天门前。守门的天神看它长得那么黑，不想让它进去。小羊把自己缩得很小很小，趁守门人不注意，溜进了天国。中天门的门神很同情它，因为它不得不一直这么黑，于是就放它进去了。

到了最后一道门前，守卫大天门的使者看到它惊呼起来："哇，太漂亮了！一只黑色的小羊！我好喜欢你呀！"他领着小羊继续往前走。这时候，小羊突然害怕起来。也许上帝根本就不想见到一只黑色的小绵羊呢？不过，那个守卫大天门的好心的使者，已经高兴地大声喊："上帝呀，您创造的世界是多么的美妙！这难道不是一只完美的小黑羊吗？您一定特别爱它！"上帝回答："是的！"小黑羊清楚地听到了上帝明确的回答。虽然它没再听到或看到什么，但它已经心满意足了。

它开心地跑回自己的羊群。"呸！"那些绵羊还是那么讨厌它，"那只黑色的丑八怪又回来了。"可是小黑羊依旧满心欢喜。"是的，"它回答同伴，"我知道，我是黑色的。"然后它自顾自埋头吃草，不再理睬它们的挑剔。任何时候它都善良友好地对待群里的伙伴们。随着时间的推移，绵羊们也渐渐习惯了它们的黑色兄弟，不再对它挑剔指责了。

"你是说，我就像那头黑色的小羊吗？"提姆问爸爸。

"有时候就是!"爸爸对他说,"你该知道,要是世界上所有的人,都跟一个模子里刻出来的一样,那该多无聊,多单调哇!不过,我以后再也不给你买棒棒糖吃了。"

"你不会真的这么做的!"提姆一边喊着,一边朝孩子们跑去。

有个大孩子说:"可以让他当守门员。他长得这么肥,什么球也别想从他身边溜进球网。"

他说我肥!提姆忍了忍,使劲咽了两口唾沫,然后对孩子们说:"要是你们让我一起玩,我愿意当守门员。"

"这小子不错,我喜欢。"大孩子说,"不是那种装模作样的人。"

提姆告诉大家他叫什么,然后再介绍自己是从哪儿来的。孩子们都觉得他好酷,能漫游到这么远的地方来。还有人说,路上的辛苦一定会让他以后慢慢瘦一点儿的。这话是个小姑娘说的。

一整天,提姆都跟村里的孩子们一起玩儿。下午他们一起玩"印第安人"游戏。提姆得到了一个绰号——"漫游的肉丸"。对此,他一点儿也没觉得受到了侮辱。这一天他过得特别开心,感觉特别美好。

第二天风鞋和火鞋又上路了。全村的孩子都跑来送他们,一直把他们送到森林边。

"再见,风鞋先生!"他们一起喊道。

"再见,火鞋提姆!明年再来,漫游的肉丸!千万小心,可别太瘦了!"

提姆大声笑着,也喊道:"我们明年一定会再来的,风鞋,是吧?不过到那时候,我会更加胖,更加胖的!"

"不会的!"孩子们喊道,"要瘦得像大象!"

"要胖得像鸟腿儿!"提姆回答。

"瘦得像南瓜呀!"孩子们喊。

一路上,风鞋和火鞋兴味盎然地继续做文字游戏,又想出了好多"胖—瘦"和"瘦—胖"相互颠倒的有趣搭配来。

能治病的帽子
和没有结局的故事

这天非常炎热，提姆很想躲在哪个阴凉地儿躺着不动才好。可是爸爸迈开他的大长腿，一直往前走，压根儿没有停下来的意思。

"我们得快点儿走，"他对提姆说，"前面村子里有个邮局，我们没准能收到妈妈的信呢。我已经告诉过她，她可以把信寄到这里。"

一下子，提姆就跑到了爸爸前头。能收到妈妈的信，他可太高兴了。

走进邮局，工作人员递给他们一个大包裹。他们迫不及待地把包裹打开了。包裹里有给他们的干净内衣，一个大大的蛋糕，一根长长的香肠，一根棒棒糖，一包雪茄和一顶火红的绒线帽。漂亮的帽子是妈妈给提姆织的。妈妈写道，她非常非常想念她的小家伙,还说她托这封信带给他们好多好多的吻。

"我可不是什么小家伙了。"提姆嘟囔着。可是他感觉鼻子酸酸的,很想哭一场。

他们把穿过的脏衣服从背包里拿出来,塞进包裹箱里。爸爸写了一封信,提姆画了一张画。爸爸觉得他画得很美。画上有一座高山,一条小溪流过,上面还有一座小桥,一头巨大的奶牛正在草地上吃草。大路上走着两个背包客。一个又高又瘦,另一个又矮又胖,像只小皮球。在图画的下面,提姆写了一行字——我们行走在路上!

提姆把自己的作品拿给邮局的人看,工作人员给了他一支红色铅笔和一支蓝色铅笔。用这两支铅笔,提姆把天空和小河涂成了蓝色,把小胖子背包客的鞋子和头顶涂成了红色。

他们把画放在包裹箱里衣物的最上面,然后把包裹寄回给妈妈。

走在街上,提姆忽然说:"风鞋,我觉得,我肯定是生病了,就好像在我肚子里有一条长长的虫子,把我的身体都吃空了。"

"嗯,嗯,"爸爸嘴里嘟囔着,脑袋摇得像拨浪鼓,"这肯定是一种传染病,我的感觉也一模一样。我觉得,我们是得了思乡病了。不过没关系,我知道有种药可以治这个病。你赶紧戴上你的红色新帽子。"

"那你就马上抽一根雪茄!"提姆大声对爸爸说。

街道上的人都奇怪地看着这两个怪怪的家伙。炎热的大中午,一个小孩脑袋上扣着一顶厚厚的绒线帽!而那个爸爸肯定是个没救了的懒鬼二流子,大白天的,他就抽着雪茄满街晃悠。

火鞋和风鞋才不管别人怎么想呢。他们根本不知道,这两个人病得有多么严重。他们当然更想不到,绒线帽和雪茄还能治病。

就这样,父子两个又走上了乡间小道。爸爸认为,提姆现在可以把帽子摘下来了,可提姆不乐意。他还是觉得鼻子酸酸的，满脑子想的都是妈妈和他们的家。

"唉，"他轻声说，"我真想……"不过他没有往下说。他想说的是：我真想这会儿就回到了家里！要是这话说出来，那爸爸肯定会很伤心的。

"你想什么呢？"爸爸问他。

"没什么！"提姆的脸，红得要赶上头上的帽子了。

一辆汽车从他们身边驶过。这是辆漂亮豪华的敞篷车，里面坐着一位男士和一个小姑娘。小姑娘朝他们招手示意，火鞋和风鞋也挥了挥手跟她打招呼。可提姆的心情还是很糟糕。

"唉，要是我们有辆汽车就好了。"提姆又绕了回来。

"你累了吗？"爸爸问他。

"可能吧。"提姆有些无精打采。

他们在一棵苹果树的树荫里坐下休息，从背包里拿出了蛋糕。

这时，一架飞机掠过天空。

"要是我能飞就好了！唉，风鞋，要是我真的会飞该多好！"提姆大声说。

爸爸的手指插进头发,朝后捋了捋,现在他看上去就像神情沮丧的刺猬。"我想……我有……我能……"他嘴里嘟囔着,"是啊是啊,这个男孩就叫这名字。"

"谁呀?谁叫这个名字?"提姆问爸爸。

"哈,有那么一个特可怜的小孩,我以前听说过他的事儿。他就叫'我想-我有-我能'。不过他的故事没有结局。"

"快讲啊!"提姆来了精神,"这是个好听的故事吗?"

"我也说不好,"爸爸说,"故事的开头很有趣,可到中间时就变得非常悲伤,而最后也没个结尾!我也不知道这是不是个好听的故事。"

"是这样的。"爸爸开始讲了——

从前有个男孩,只要他想得到,所有愿望都能立刻变成现实。要是他想,老师明天生病就好了,这样我们就不用上学了——立刻,这个倒霉的老师就被牙疼折腾得死去活来的。或者他想,要是一下子有好多糖果,就可以放开肚皮狂吃了——保证第二天,就会收到奶奶寄来的包裹,满满当当三磅焦糖糖球。再不然他脑子一转,想要比所有的孩子跑得都快——立马两腿生风,呼呼地朝前飞奔,赢了跑步比赛。他从来都是赢家,不论是玩抓人,还是藏猫猫,不论是玩弹球,还是下一种叫"你别生气"的跳棋。如果孩子们一起踢足球的话,肯定是他在的那个球队包赢不输。

"这孩子太牛了!"提姆羡慕得不行。

"你觉得这样好吗?"爸爸问提姆,又接着说:

这么一来,其他的孩子都不想跟他玩了,他只好为自己想出各种玩意儿来。别的孩子想要而得不到的东西,比如各种各样的玩具、漂亮的衣服,甚至帅气的脸蛋和非同一般的头发,他都想要。他爸爸也不用上班了,像小男孩期待的那样,爸爸有了好多的钱,还有了一辆汽车、一栋房子和一个大花园。他还为妈妈要来了时髦的衣服、一个新的浴室,还有好多好多的书。所有所有的东西,想要就能满足。最后,他的爸爸妈妈什么都有了,但整天围着这些东西忙乎,反而没时间来照顾他了。

"就算这样,他不是有好多玩具吗?"提姆有些不以为然,"还有一辆电动小火车呢!"

"是哈,"爸爸说,"可他也不能同时玩那么多的玩具呀，而且自己一个人玩也挺没意思的。听好了，看看故事后面怎么说的。"

有一天，家里来了位客人，是个长着大胡子的叔叔。小男孩心想，他的胡子太棒了，我也想要这么一捧大胡子。真的哎，他的脸上也长出了大胡子！街上的人都围着他看热闹：一个小男孩却长着老爷爷的大胡子！这太奇怪了！小男孩气坏了，很想立刻除掉这把胡子。

"他可以再想一下'我不想要了'，不就得了！"提姆大声说。

"这正是糟糕的地方。"爸爸说——

他想要什么都可以，但不想要却不行。他必须等着，直到胡子自己脱落。事情一直都是这样的。比如有一次，他希望得到一头河马，就因为他在动物园看到了它。眨眼间，就有一个大家伙迈着沉重的脚步，走进了他家漂亮的新花园。最后，动物园的园长不得不请消防队来帮忙，把河马再运回动物园去。当小男孩希望下雨时，就会下上一个星期的雨。就是这样的。还有一次，他想坐轮船去旅游。可当他在船上想回家时，却不得不跟着船继续航行，直到游船开到美国，然后再返回他的家乡。

"噢，可怜的小男孩！"提姆叹息着。

"那小男孩的确非常非常可怜。"爸爸深有同感，他接着往下说——

从那以后，他想要什么的时候，就变得小心翼翼了。他整天坐在房间的一角，努力去想，他能要点儿什么，可是他却怎么也想不出来。于是他觉得越来越无聊，也越来越不满意了。因为再也没有什么能让他期待，让他开心的了。

"然后呢?"提姆很想知道结果,"后来怎么样了?"

爸爸又切了一块蛋糕,咬了一口说:"我不是告诉过你了吗?这个故事没有结尾。人总可以期待得到点儿什么。所以这个可怜的叫'我想-我有-我能'的小男孩,就这么一直生活在期待——期待——期待当中。"

"嗯,"提姆又叹息了一声,从头上摘下红色的帽子,对爸爸说,"现在,我想为自己要点儿什么。"

"注意了,火鞋!"爸爸大声说,"小心点儿,别说出了错误的愿望!"

"我想要一截香肠!"提姆说,"你想到哪儿去了,风鞋?难道我会希望自己长得像你一样高大吗?或者更高一些?还是说我会期待自己长出蓝色的头发?我才不会那么做呢!我不会那么做的!"

"香肠!"爸爸叫道,"这主意不错。"他给自己和提姆都切了一大截香肠。他们一边吃,一边想出各种各样千奇百怪的疯狂愿望来。

雨天和坏情绪
和鼻子的故事

在一个大庄园，爸爸找到了能干三天的活儿。这太幸运了，因为外面一直在下雨。这户人家有三个孩子，提姆也有了玩伴。庄园里还有一匹好心肠的老马，提姆有时能骑着它去溜达一圈。他真想就这么一直在这儿待下去。

可是，当爸爸把所有的鞋子都修好以后，他对提姆说："你有没有擦擦你的火鞋？明天一早，我们就得继续上路了。"

提姆央求爸爸："我还想在这儿再待一天，就一天！"

"不行，"爸爸告诉他，"我的活儿已经干完了，再没啥好做的了。"

"可外面还在下雨呢。"提姆说。

"你是糖捏的小人儿吗，火鞋？"爸爸反问提姆，"在雨中漫步，不是一种新的体验吗？"

"可我对新体验一点儿兴趣都没有，我就想待在这儿。"提姆生气地说，"现在你已经挣了这么多钱了，我们完全可以去旅馆住一回嘛。"

可是爸爸却不愿意这么做。第二天清晨，提姆不得不一大早就爬起来，把带帽子的外套罩在背包外面，跟着爸爸走进冷雨中。

"我会感冒的，"他抱怨道，"我会生病的，那样你还是得带我住进旅店去。妈妈还会说你，因为你没有照顾好我。"

爸爸不搭理他，自顾自吹着口哨，大步走在前面，雨水流进了他的凉鞋里。

有时候他回过头来对提姆说："看脚下，这儿的水坑很深。"

提姆气得要命，偏要狠狠地踩着水蹚过去。他巴不得把脚弄湿，然后得一场大病。

两人这么走了一阵子，爸爸开始说话了，也不管提姆是不是在听，只管自说自话地往前走着。爸爸说：

从前呢，有个女人，她最喜欢生气。每天一大早，她就已经气鼓鼓的了。头一桩，她为不得不起床生气，因为她宁可再睡一会儿。然后呢，她就开始跟天气不对付了。等到她去买东西的时候，她又生所有遇见的人的气。如果大家都对她很友好，她就说："他们就是假模假式做做样子的！"如果大家不友好呢，那她就会呵斥道："我早就知道，所有人都很坏！"中午的时候，邮递员来了。要是给她带来了邮件，她生气，因为她得写回信；要是她没收到邮件，她更生气。她的一天就这么着在生气中度过了，一直持续到晚上，这个可怜的妇人还得生气，因为她必须去睡觉。

有一天，她对自己居住的这座城市感到很气愤。她就收拾好箱子，搬到乡下去住。可在那儿她跟当地人也合不来，还有奶牛哇，没修好的小路哇，食物哇什么的，都让她生气。那儿的食物真是让她难以下咽，所以她又跑回了家乡。在家乡她继续生气，一切都跟从前一样。随着时间的推移，她长出了一张气哼哼的脸。她的额头上出现了深深的皱纹，她的嘴角拉得长长的直往下撇。而最糟糕的是她的鼻子，变得越来越长，越来越尖。任何人在街上碰到这个女人，老远就能看到她那个生气的鼻子。也有些人长着有趣的长鼻子，这个一眼就能看出来。而生气的长鼻子实在是丑得太恶心了。

提姆偷偷摸了摸自己的鼻子。"我知道，你为什么给我讲这个故事，"他对爸爸说，"可我还是觉得很生气。"

爸爸停下脚步，打量着他。

"嗯，"爸爸端详着他说，"到现在为止还看不出什么来。可是你得小心点儿，生气的鼻子在下雨天长得可特别快，就像雨后的春笋。不过呢，一个长鼻子肯定很有用处，要是你觉得累了的话，可以把背包挂在鼻子上。"

这下，提姆忍不住笑了，"住嘴，风鞋!"他大声说，"我早就不生气了!"

"那我太高兴了，"爸爸说，"我还以为，我得帮你消消气，好让你的气早点儿生完呢。不然的话，妈妈就没法再认出我们俩了。"

"还有学校的老师，他该说了——'这是谁呀？看起来胖胖的像是提姆，可这个长长的鼻子可不是提姆的!'"提姆开心地说道。

他又是那个快乐的火鞋提姆了，蹦蹦跳跳越过水洼，鼓起腮帮子吹掉鼻尖上垂下的雨滴。父子俩展开了吹雨滴竞赛，看谁能把雨滴吹得更远。最终提姆赢得了比赛，他能把雨滴吹得最远。

寻找宝藏
和幸运猪的故事

雨很快就不再下了。父子俩漫游也快三个星期了。他们越来越多地提起回家的话题,也越来越多地提到妈妈。回家的时候,他们该给她带点儿什么好呢?

"要是能找到宝藏就好了。"提姆说。

他们走进森林里,发现了一座已经坍塌的古老城堡。灌木和大树生长在大堆的石头之间。

"风鞋,我们肯定能在这儿挖到宝藏!"提姆兴奋地一边喊,一边爬上瓦砾堆中一道陡峭的楼梯。

爸爸却轻松地在草丛中躺了下来,对提姆说:"等你找到宝藏,再来叫我吧。我先在这儿歇会儿。"

提姆钻进藤蔓缠绕的灌木丛挖寻着,可是哪里都没有装满宝石的箱子,也没有包着黄金的袋子。他找到的只有香烟盒、废纸和生锈的空罐头，这些垃圾静静地躺在乱石之间。肯定早有人把宝贝取走了。

"我们来得太晚了！"提姆沮丧地对爸爸说，"我们的运气好差呀。"

"你知道幸运猪的故事吗？"爸爸问提姆。接着，讲起了这个幸运猪的故事——

它本来是只漂亮的粉红色小猪崽，所有人一见到它都会喜欢上它。可它一心想成为一只幸运猪。它想：富有的猪猪才是幸运的，所以我必须找到一堆宝藏！从此，它不再跟小伙伴们玩游戏，也不肯吃东西，连觉都不睡了。不论是白天还是黑夜，它无时无刻不在院子里和猪圈里挖土打洞。它那粉红色的小鼻子变得伤痕累累、血迹斑斑，整个身子也变得越来越瘦。

有一天，小猪还真的挖出了一只装着金银财宝的罐子。它马上一头栽进罐子里，把里面

所有的宝贝都吃下了肚,有金锭哪,珍珠哇,耳环项链哪,还有手镯脚链什么的。可是,吃完了以后,它一点儿都不觉得幸福。它肚子很痛很痛,身子也好沉好重,可怜的小猪根本就动

弹不了啦。最可怕的是心里的恐惧。只要它努力挪动一小步，肚子里那些金银的玩意儿，就会叮叮当当响。要是农夫注意到了这些，他一定会把小猪宰了的！要不然就会招来强盗，把它拖到森林里做成烤乳猪。小猪的耳朵和尾巴都耷拉了下来，它心里想：我可真是一只不幸的猪猪哇。

这时，猪妈妈走过来了。"哼，哼，哼！"她对小猪说,"你吃了不该吃的东西,你这个可怜的小傻瓜,赶紧把肚子里乱七八糟的玩意儿都吐出来!"等到那些金银财宝都从小猪肚子里出来以后,它马上感觉好多了。它有滋有味地吃掉了槽子里的猪食,然后就跑去找小伙伴们玩耍了。它们一起在垃圾堆里拱来拱去,寻找好吃的。这时它想,哎呀,原来当一只正常的小猪这么美呀!

"那是谁得到了那些宝贝呢?"提姆追问爸爸。

"农夫哇。他用这笔钱造了一个新的猪圈。为了感谢小猪的贡献,他在小猪卷卷的小尾巴上,系上了一个天蓝色的蝴蝶结。"爸爸告诉提姆。

"说到底,你是对的。"提姆说,"要是我们不得不拖着沉重的金银财宝走路的话,那我们就没法再往前走了。我们来玩骑士抓强盗的游戏,怎么样?"他大叫着:"快来呀,你这个老强盗风鞋!快来跟我打上一场!"

强盗风鞋震耳欲聋地大吼一声前来应战。他把帽子推到脑袋后面,爬上楼梯来追提姆。

小家伙嘴里却喊叫着:"你抓不到我!你抓不到我!你这个风鞋老强盗……"他的声音突然中断了,原来在他脚下出现了一个大洞,提姆摔倒了,顺势滑进了地下室。石头土块也随之滑落,撒了他一头一身。

"你摔疼了吗?"爸爸在上面问他。

"我的手边有一个大蜘蛛!"提姆喊道。

爸爸趴在地上,努力把提姆往上拉。

"好重啊,这个装满金子的袋子实在是沉!"他打趣儿子说。然后他拽住提姆,像抢口袋似的,把他扛到了肩头上,大声说:"强盗风鞋在地窖里找到了宝藏,现在就扛回去送给妈妈喽!"

懒散的一天
和两只游隼的故事

这天早上,爸爸说:"火鞋呀,我又病了!我觉得浑身都不得劲,做什么都打不起精神来!"

"我也是!"提姆跟着叫道,"太可怕了!我的腿提不起劲来,一步也不想挪动;我的肚子也无精打采的,只想吃蛋糕和糖果!"

"这样的话,我们就必须做点儿什么,好打起精神来。现在,我们马上动身到下一个村子,去买蛋糕、糖果和'犯懒'牌雪茄。等我们走到下一座森林,就找个阴凉地儿躺下歇着。我们可不能生着病跑回家去,不然妈妈也会被我们传染的。那我们全家都会犯起懒来,这可不行。"

于是,他们买了水果、饼干和糖果,带着这些好吃的去寻找一处舒适的地方,让自己好好地犯犯懒。

很快，他们就找到了。

在森林的中央有一块小小的草地，旁边有小溪潺潺流过。"这儿有个治懒病的医院！"爸爸开心地说道。他打开毛毯铺在草地上，提姆已经把手伸进了装零食的口袋里。然后他们脱掉鞋袜，光着脚走进溪水。他们开心地大呼小叫，相互撩水，两个人都被泼成了落汤鸡。玩够了以后，他们就一起躺在阴凉里，吃光了所有好吃的零食。提姆说："现在我觉得身体好多了。你呢？"

他们仰面朝天躺在毛毯上，看着眼前的流云。

"看那边，这朵云彩看上去像一只狗。"提姆说。

"不，像鸭子！"爸爸反驳说，"右边是鸭嘴巴。"

"可那是我的狗狗的尾巴！"提姆争辩说。

"是只狗鸭，"爸爸说，"你不认识吗？你们在学校里都学了些啥？狗鸭可是很有名气的动物呢！它虽然不会嘎嘎地叫，但它能汪汪地飞。"

"你这个骗子！"提姆不相信，"你自己真的看见过这样的动物吗，哪怕就一次？"

"当然了，不过当时它睡着了。啊——哈，火鞋，我怎么这么累呀？"

他打了个哈欠，把身体又往冷杉树枝下钻了钻，伸展开两条长腿想睡觉，可提姆却不让他如愿。

"那边飞着一只大鸟！"提姆大声说，"你知道是什么鸟吗？"

爸爸眨巴了一下眼睛说道："可能是一只鸳，要不就是一只鹰，也可能是一只游隼。"

"游隼！"提姆不信，"你又骗人！"

"你这个调皮捣蛋的火鞋！真有叫游隼的鸟，你可以去问问你们老师。现在别闹了。"爸爸睡意蒙眬地对提姆嘟囔着，"去玩儿吧！但你不能离开草地，听到了吗？"

提姆跑到小溪边，搜寻着河滩上的花石头。然后他用石头造了一个大坝，拦出了一个小水库。接着他把小木片放进水里，让它们漂浮在水面上。不过他很快就厌倦了一个人玩。爸爸为什么要把整个犯懒日的下午都睡过去呢？

提姆在草地上走过来又走过去,感觉好无聊。这时他想:其实我就是往森林里面走进去一点点,也没什么关系的。现在我不像以前那么胆小了,而爸爸也不会发现我跑到林子里去过。

于是他顺着小溪晃晃悠悠地走进了森林。他先是看到了一个巨大的蚂蚁堆,那是蚂蚁用冷杉的针叶筑起来的,比他的脑袋还高。然后他就看到一个通向洞穴的入口,这会不会是狐狸的家呢?在林中空地的后面也许还有覆盆子浆果吧。就这样,提姆在森林里东游西逛,走得离爸爸睡觉的草地越来越远。最后,他来到了一个废弃的采石坑旁。矿坑四周长满了各种野草杂树,深深的坑底积满了雨水,形成了一个水潭。提姆想:要是我掉下去的话可怎么办?爸爸永远都找不到我了!这么一想,他有点儿慌了,赶紧往回走去找爸爸。

可是,爸爸在哪儿?草地在哪儿?小溪又在哪儿?提姆伸长耳朵听着周围的动静,却只听到蚊子嗡嗡地飞过静静的水面。突然,提姆感觉害怕极了,

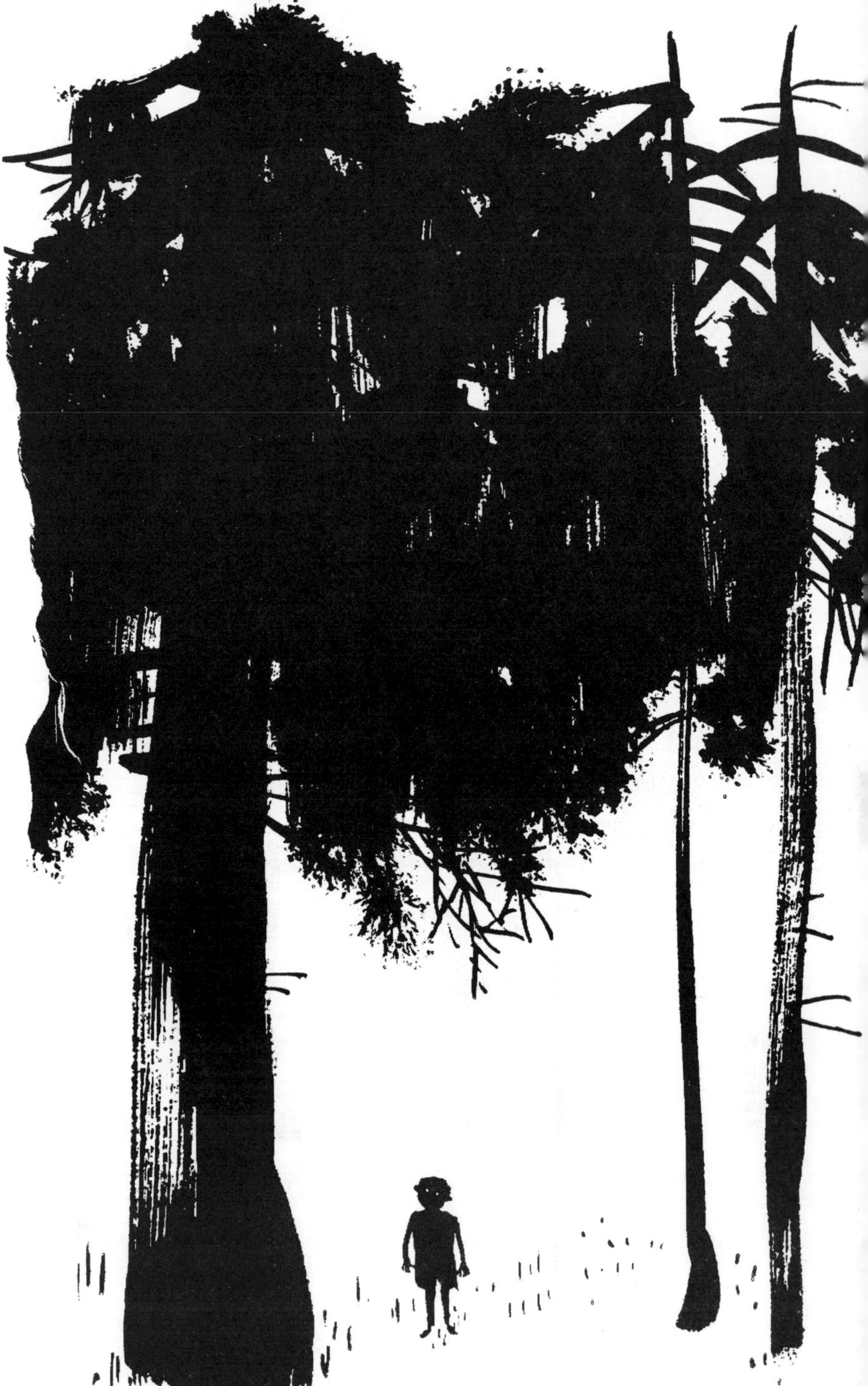

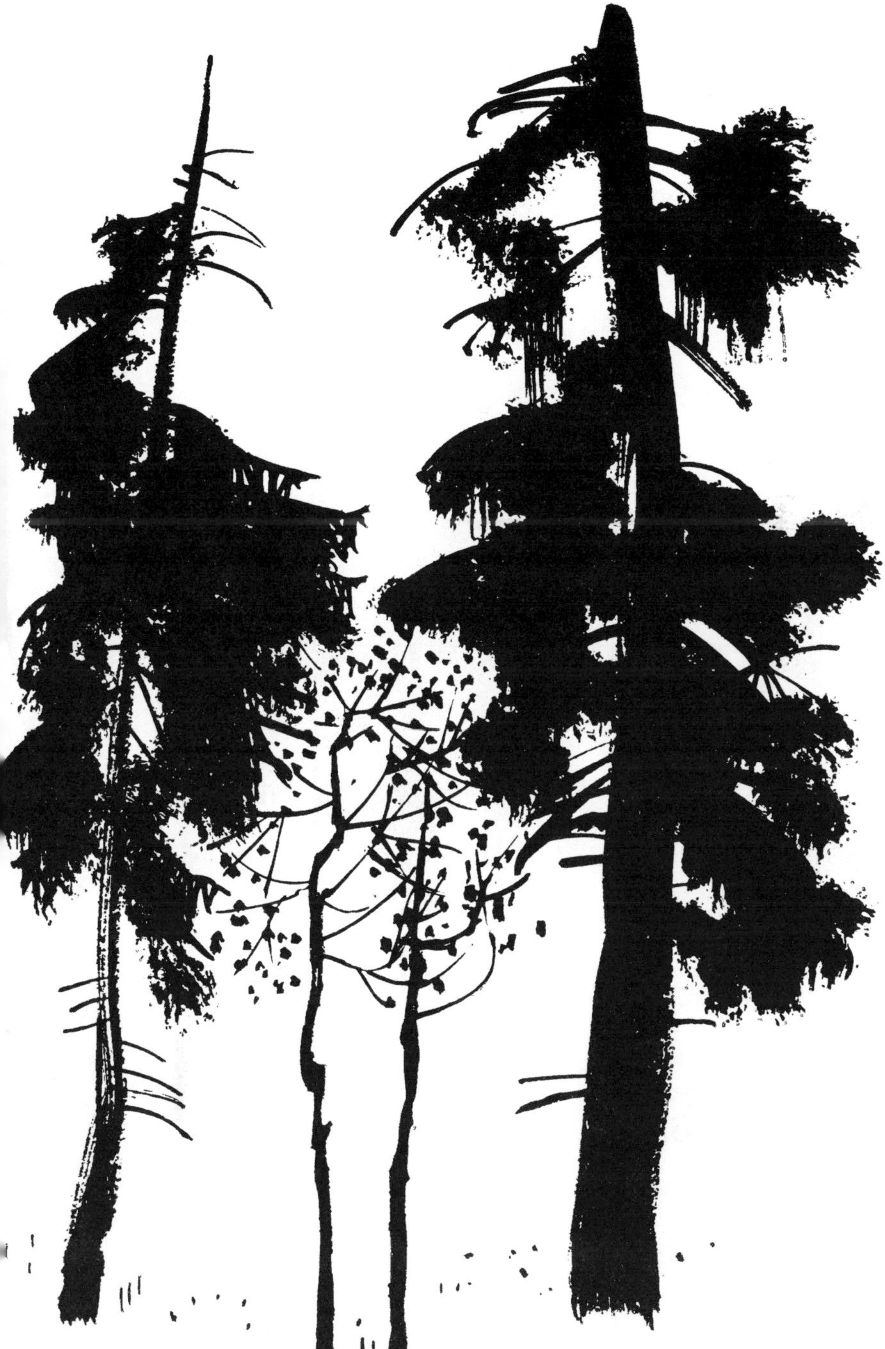

他的脑子飞快地转起来：强盗！野猪！发脾气的大鹿！他该喊爸爸吗？不行，他还是想悄悄跑回到爸爸的光脚丫旁边。

可是森林却变得越来越稠密。干枯的冷杉树枝不断划过他的胳膊和腿，黏糊糊的蜘蛛网不时粘到他脸上。提姆在林中转起圈子来，现在他连那个大矿坑也找不到了。而在林子的中央根本就没有路。他跌跌撞撞，跑得气喘吁吁。哎呀，天色越来越暗，夜幕将临，他肯定不得不独自一人待在森林里了。

提姆哭了起来。可就在此时，当他害怕到无以复加的时候，当他正想大声呼喊爸爸的时候，那片平和安静的草地豁然出现在眼前。巨大的冷杉树下，爸爸的凉鞋探出枝叶外，正静静地张望着他呢。提姆用溪水洗了把脸，走过去在爸爸的身边躺下来。这会儿爸爸伸了伸懒腰，打了个哈欠。

"你玩得开心吧？"他问提姆。

"嗯。"提姆小声回答道，"就在河边。"关于他跑开的事，他没有告诉爸爸一个字。

他们收拾起背包，又继续上路了。爸爸还是觉得没精打采的。今天他不想到农场里去找活儿干了。路上，他们发现了一座田间谷仓，里面堆满了新鲜的牧草。他们准备就在那里过夜了。

夜幕降临，他们背靠温暖的木板墙，吃着最后的干粮。这时，月亮爬上了冷杉树梢，颜色金红，看起来就像是一只大橘子。他们望着夜空，发现不断有星星冒出来。

提姆对爸爸说："爸爸，现在我来给你讲个故事吧。"提姆的故事是——

从前有两只游隼，一只是隼爸爸，一只是隼儿子。它们一道满世界飞，感觉特别美好。可是有一天，隼爸爸累了，睡着了。隼儿子觉得无聊，它就自己飞走了。它想把森林里的一切都看个够。它看到了一个蚂蚁堆和一个狐狸窝，还有一个黑色的湖。这时它突然特别害怕起来,它想赶紧飞回到爸爸的身边去。可是它却找不到爸爸了。它越来越害怕,越来越害怕。天黑了,森林也变得狭窄了!它都吓哭了。后来,它终于找到了爸爸。爸爸还在睡觉呢,隼儿子好开心,没把溜出去的事告诉爸爸。

"嗯,"爸爸哼了一声,接着说,"不过故事还没结束呢。等到晚上该睡觉的时候,隼儿子还是把事情都告诉了隼爸爸。隼爸爸说:'等到以后,你长大了的时候,你就要独自飞到更远的地方。那时候,你不再害怕幽暗的森林和黑色的湖水,你知道哪条路是正确的。可现在你还得待在我的身边。'隼爸爸说完后,隼儿子答应爸爸,再也不偷偷飞走了。"

"好,"提姆大声对爸爸说,"我向你发誓。现在我才能真的高兴起来,因为我已经把所有的事情都告诉你了。"

他们躺在牧草堆里,提姆紧紧地搂着爸爸。

"终于!"他满足地说,"我们终于成了懒散的流浪汉!"

"我正想说这句话呢!"爸爸也开心地说,"嗨,你,懒散的流浪汉火鞋提姆!现在到了我们该回家的时候了,我们要回去找妈妈,开始过正常有规律的平凡日子了。"

回家
和没有结局的故事
的结局

周游四方的旅行马上就要结束了,最后一天来得好快呀!他们辛苦步行了一天,才在傍晚时,来到了一个有火车站的小城。

他们先去了理发店,把自己收拾得容光焕发。

"这下我们看起来不再像流浪汉了!"爸爸说。

"尽管如此,看起来还是有点儿那个意思。"提姆回答。

然后他们给妈妈买了一枚镶着蓝宝石的银戒指,还有一大块巧克力。

这天晚上,他们住在一家叫作"金牛"的小旅店里。

提姆点了土豆丸子和醋焖牛肉,还从爸爸的杯子里喝了几口啤酒。不过他得规规矩矩地笔直坐在桌子旁，不能塞了一嘴吃的还说话，不许边吃边挥舞着手里的餐刀。他不可以盯着其他桌上的客人看，也不能在餐厅里随意地跑来跑去，更不许玩盘子里的酱汁。

"噗！"提姆不满地喷了口气，这时爷儿俩已经躺在旅店的床上了，"这头'金牛'可真讨厌！这也不许，那也不行，在这儿到底还能干什么？想想啊，咱俩躺在麦田里那会儿多美！要不在谷仓里也行，就是在农户家里也舒服多了！"

黑夜里，父子俩还聊了半天，每次提起一个话头来都是："你还记得吗，我们……"一直聊到两个人都睡着了。

第二天早上，他们穿上背包里剩下的干净衬衫，修剪了指甲，还蘸着水把头发梳理整齐，再一次穿上他们的风鞋和火鞋。

他们早早就来到了火车站，实在是到得太早了，等得他们都不耐烦了。他们好想马上就回到家，见到妈妈。

终于走进了那条熟悉的街道，两个人不约而同地拔腿跑了起来。

街上的孩子们跟在他们身后，一边跑，一边喊："提姆回来了！鞋匠提姆回来了！"

"他还是那么胖，那么矮，跟放假前一样！小胖墩，巴哥犬，给我们讲讲，你都见识了什么？你有没有从高山上滚皮球一样滚下来？"

真的，他们就是这么喊的——可现在的提姆听了，已经一点儿都不难过了。他向孩子们招招手，也冲他们喊道："明天！等明天我把所有的事都讲给你们听！"

妈妈也看到了这两个归家的游子，迎头朝他们跑来。

"妈妈！妈妈！妈妈！"提姆一连声地叫着，"一切都太棒了！我又回到你身边了，太高兴了！"眼前的一切都让他觉得非常新鲜，非常美好。地下室的楼梯，小小的厨房，爸爸的作坊，都收拾得这么干净整齐，还有他自己的房间和桌子下面他的玩具箱。连躺在墙角的书包他都跑过去摸了又摸。

"我回家了，我又回家了!"他高兴得唱起来，每个房间都跑进去看看，把所有的柜门都打开瞧瞧，每到一个窗口，他都要往外瞅瞅。

然后一家三口重新坐在厨房的小餐桌旁，吃着蛋糕，喝着咖啡。他们说呀，聊哇，就像在提姆过生日的那天，他们聊起各种伟大计划的时候一样。爸爸把银戒指套在妈妈的手指上。她不得不擦了擦眼睛，不过这回是因为她太高兴了。

提姆寄回家的漫游图挂在炉灶旁边的墙上。

"就是这样的，一点儿没错!"提姆大声对妈妈说，"就是这样! 这头奶牛叫阿尔玛。我本来应该把它从草场牵回家，然后……"

突然间，天就暗了下来，提姆也该去睡觉了。

"明天你再继续给我讲路上的事!"妈妈对提姆说。

提姆也的确是很困很困了。

可是，当他脱下红色的火鞋，放到床下，而爸爸妈妈也过来想跟他道晚安的时候，他却突然喊道："等等！"然后他在被子里爬到床尾，朝床底下张望着，又伸手到他的背包里掏了半天，好像在寻找什么重要的东西。

"他找什么呢？这个火鞋！"爸爸纳闷地问道。

提姆回答说："我在找结局，风鞋，那个没有结局的故事的结局。你还记得吗？那天我们是怎么拿到了妈妈寄来的包裹，里面有治病的帽子，而我们俩又是怎么得了严重的思乡病，我再也不想往前走了，当时我就想马上转头回家去。然后，你就给我讲了那个男孩的故事，他能得到想要的一切。现在，我找到了那个故事的结局！"

"太好了，"爸爸说，"那你得赶紧告诉我们，会是个大团圆结局吧？"

"就是一个非常完美的结局。"提姆补充说，"是这样的，那个叫'我想－我有－我能'的可怜男孩，对那些愿望感到烦透了，他觉得自己很傻，对自己

非常不满意，最后，他终于想出了一个主意。从此以后，他干脆什么都不想要了，完全彻底，什么什么都不要！好了，这个故事就这么结束了。"

提姆翻了个身，把被子拉上来裹住肩膀。他打了个哈欠。"我也不想再要什么了，"他睡意蒙眬地嘟囔了一句，"我是你们的提姆，这我就很满意了。"

"你是我们亲爱的宝贝！"妈妈说道，还在他脸上吻了一下。她又得擦眼睛了，因为她再次觉得自己好幸福。

爸爸说:"这是我听到过的,最完美的故事结局,火鞋提姆,我的好旅伴!"

"哎,"提姆小声答应着,"谢谢你,风鞋,为了所有的一切!"

说完他就睡着了。

译者简介

湘雪,女。中央戏剧学院戏剧文学系毕业,任教于表演系。德国科隆大学戏剧电影电视学院留学六年。热衷文学和影视戏剧创作及经典翻译。剧院的邂逅,跟随她的先生去了他的故乡奥地利。她翻译的"弗朗兹的故事"系列(共 18 册)荣获首届德译中优秀童书奖,并入选中国国家图书馆文津图书奖推荐书目。

火鞋与风鞋

Feuerschuh und Windsandale

图书在版编目（CIP）数据

火鞋与风鞋 /（德）乌苏拉·韦尔芙尔著；湘雪译. — 南昌：二十一世纪出版社集团，2017.8（2023.4重印）
（彩乌鸦系列10周年版）
ISBN 978-7-5568-2783-1

Ⅰ.①火… Ⅱ.①乌…②湘… Ⅲ.①儿童文学 – 中篇小说 – 德国 – 现代 Ⅳ.①I516.84

中国版本图书馆CIP数据核字(2017)第130931号

Feuerschuh und Windsandale
© by Thienemann in Thienemann-Esslinger Verlag GmbH, Stuttgart.
Text: Ursula Wölfel
Inside illustrations: Heiner Rothfuchs
Cover illustration: Bettina Wölfel

版权合同登记号　14-2002-152

火鞋与风鞋 /［德］乌苏拉·韦尔芙尔 著；湘　雪 译

责任编辑	彭学军　魏钢强　孙睿旼　刘晨露子
装帧设计	魏钢强
出版发行	二十一世纪出版社集团（江西省南昌市子安路75号　330025） www.21cccc.com
出 版 人	刘凯军
经　　销	新华书店
印　　刷	江西千叶彩印有限公司
版　　次	2002年8月第1版　2017年8月第2版
印　　次	2023年4月第25（总95）次印刷
印　　数	373,001—388,000册
开　　本	889mm×1300mm　1/32
印　　张	3.25
书　　号	ISBN 978-7-5568-2783-1
定　　价	22.00元

版权所有，侵权必究
购买本社图书，如有问题请联系我们；扫描封底二维码进入官方服务号。
服务电话：0791-86512056（工作时间可拨打）；服务邮箱：21sjcbs@21cccc.com。